अंतर्मन का ऋषिकेश

सीमा कटारिया

इनविन्सेबल पब्लिशर्स

भारत में वर्ष 2019को सबसे पहली बार प्रकाशित

ISBN: 978-93-88333-62-7

इनविन्सेबल पब्लिशर्स

201A, SAS Tower, Sector 38, Gurgaon-122003

माँ गंगा

के किनारे

कुछ पल

कुछ शामें

कुछ रात के नज़ारे

बहती धारा में

कुछ चने हुए शब्दों में

कुछ विशेष पल

कुछ विशेष नज़ारे
माँ गंगा के किनारे

धारा बहती जाती
वर्तमान में
वक़्त की बहती नदी
कल कल करती जाती
माँ गंगा की धारा
एक एक पल छलके
अविरल धारा गाती
इस बहती धारा संग
कुछ भाव दीप जलाए

धारा वेग संग बहाये
कुछ लहरों में लहराते
लहरों पर बहते जाते
कुछ लहरों संग
अठखेलियां दिखाते
कुछ लुठक कर लहरों संग
विरोधाभास जताते
लहरों से टकरा कर
गहराई में गोते खाते
माँ की गहराईयों में
कुछ ढूढने जाते
दिपक के संगी फूल
माँ गंगा में तैरते नज़र आते
पीली-पीली छोटी बिंदियों से
बहती धारा के आंचल पर
प्रेम पूर्वक लगाते
इस बहती धारा के संग
हमने भी
कुछ श्रधा सुमन बहाए
कुछ पुष्प किनारे टिके

कुछ धारा संग तैरते नज़र आये
कुछ ने मिट्टी पानी संग
अपना संयोग बनाये
पीले पीले फूलों का
एक बागीचा बसाया
कुछ मिट्टी के नीचे दबकर
खाद रूप में लीन हुए
लहराते फूलों की बगिया की
जड़ों को अपना योगदान दे
जीवन यात्रा को आगे बढ़ाया
बहती धारा संग
पुष्प भी बह जाते
एक जीवन यात्रा को
सहज पूरा कर जाते
कुछ भाव
गहराई में रहते
कुछ दुनिया को
नज़र आते
अविरल माँ गंगा की धारा
बहती ही जाती

भावी कुछ दीप जले
या प्रेम पुष्प अर्पण किये
ना कुछ जताना
ना कुछ अपनाना
सूरज की किरणों की चमक
कहाँ धारा को रिझाती
काली रात की चमकीली चुनर
चमकते तारें भी
माँ को ज्यादा देर
ना लुभा पाती
तलहटी में बैठे पत्थर भी
लूठक-लूठक मौन हो जाते
दुनियांवी बांध भी
कुछ पल ही धारा को
बाँध पाते
कुछ जल का बंटवारा
कुछ शक्ति का नज़ारा
सभी को बाँध पर छोड़
धारा कल - कल करती जाती
बहती धारा एक खामोशी ओढे

एक शांत लय लिए
बहती ही चली जाती
एक क्षण का विश्राम कहाँ
कुछ विशलेषण हो
कुछ अवलोकन हो
इतना भी आराम कहा
समय की धारा
हर क्षण आगे
बढ़ी चली जाती
ना कर्मो का लेखा जोखा
ना जल के जंजाल देखा
सभी अवरोधो को छोडती
सारे शिकवे पीछे छोडती
चुपके से निकल जाती
ना पूजा के फूलो से रिझाना
ना गंदे नालो से डरना
बांधो की बंधक भी
कितना रोक पाते
अपनी धारा संग दोस्ती
अपनी लहरों में मगन होती

सभी कुछ अपने में समेटे
अविरल बहती चली जाती
अशांत मन के जंजालो में
दुनियां के शोरगुल में
कल - कल ध्वनि का
मधुर संगीत घोलती जाती
सभी के तड़पते हृदयों में
खामोश शान्ति की
प्रेम धुन सुनाती
बर्फीली चोटियों की यादें
सागर से मिलने के इरादे
ठण्डे पावन जल से
सभी की प्यास बुझाती
समय की यह अविरल धारा
पल - पल, कल - कल बहती जाती
किनारों के सारे बंधन
बांधो की मर्यादा
सभी को पीछे छोड़कर
अपनी डगर बढ़ी चली जाती
वर्तमान में जीती ये धारा

कल कल का मधुर
संगीत सभी को सुनाती
अविरल बहती जाती

प्रेम प्रकाश फैलाते
बहेती हुई धारा मे
सभी प्रेम दीप धारा में बहाते
कुछ लहरों पर तैरते
कुछ तलहटी में बैठ जाते
कुछ प्रेम की रोशनी में
धारा पर यात्रा कर जाते
इठलाते ये दिए
अपनी जीवन यात्रा रोशनी

से भर जाते
कुछ क्षण की यह यात्रा है
जीवन जीते जाना
भावनाओ की लहरो मे
प्रेम प्रकाश फैलाना
हसते मुस्काते ये दिए
धारा संग बह जाते

दीप हम जलाते है
जीवन की तपती दोपहर
धीरे- धीरे
शाम में बदल रही
इसी शाम की बेला में
चलो प्रेम दीप जलाते है
बहती हुई गंगा की
धारा में बहाते है
धारा संग संघर्षो में
कुछ दीप डूब जाएंगे
कुछ धारा संग दोस्ती कर
लहरों पर इठलाएंगे

लहरों पर चमकते
इठलाते ये दिपक
तैरते नज़र आएंगे
कुछ लहरों संग
एक संघर्ष मचाएंगे
गहराई में डुबकी लगाकर
तलहटी में सो जाएंगे
तैरकर भी सफल है
तलहटी में भी पूर्ण
ये दिए जीवन यात्रा कर जाएंगे

बहती धारा संग बहे

कुछ लहरों से भेंट करे

कुछ लहरों संग लहराएं

कुछ पल तैर ले

आनंद को ना कैद करे

धारा संग बहते जाए

फिर से उठती - गिरती लहेरो संग

कुछ टकराव मचा ले

फिर एक टक्कर खाएं

फिर लहरों में डुबकी खाएं
डूबते - तैरते जल संग
यात्रा आगे बढ़ते जाए
बहती धारा संग
अपने सभी मदभेद मिटा ले
अपनी इस छोटी सी नैया को
धारा संग बहा ले
भव पार लगा ले

झूलते हुए राम झूला के नीचे से
माँ गंगा कुछ इस नाज़ से गुज़रती है
कुछ पल झूले की छाया में
अपनी रफ़्तार धीमी करती है
कुछ पल झूले की छाया में
सुस्ताकर माँ चलती है
बहती हुई एक धारा
कुछ फ़ैल कर चलती है
कुछ रंगीन गोल मटोल पत्थर

कुछ छोटी बड़ी मछलियाँ
भी दिखती है
यहाँ पर माँ की धारा
नए रूप में दिखती है
झूलते झूले की परछाई
माँ की धारा में घुलती है
झूलता सा झुला
माँ गंगा को ताकता है
बहते हुए जल का परवाह
झूले को ताकता है
दोनों का ये अनोखा रिश्ता
कुछ लचीला जान पड़ता है
आपस में कुछ पहचान बढाकर
धारा आगे चलती है
यात्रियों की भीड़ को राम झूला
झूला झूलता है

तार को छोड़कर धारा बहती जा रही है
झूलते हुए झूले से दूर
एक मोटा तार
माँ की धारा के ऊपर से गुज़रता है
वह धारा को नाप रहा है
या धारा को बाँध रहा है
अपनी लम्बाई से वह
कोई गणित जान रहा है
मौसम की हर मार सहकर

वह छुप चाप लहराता है
ऊपर से गुज़रता तार
माँ को बाँधने की चाह में
कितना कुछ सहता है
ना धरा में
ना आसमां में
बीच में अकेला जान पड़ता है
उसकी एक पतली परछाई
धारा से टकराती है
कभी यहाँ, कभी वहां
टहलती नज़र आती है
माँ को बाँधने की हसरत में
तार वही बंधा हुआ है
अविरल पावन माँ की धारा
बहती ही जा रही है

यात्री गोता लगा रहे है
बहती हुई धारा में
कुछ यात्री उतर आए है
धारा संग जाने की खातिर
तैरते हुए पाए है
कुछ पल साथ कदम मिलाकर
कुछ डुबकी, कुछ छलांग लगाकर
वापिस लौट आए है
धारा अभी भी

शांति से भरी
कल कल की ध्वनि भरी
पावन गंगा जल से बनी
अविरल, आनंदमयी
बहती ही जा रही है
ना कुछ कहना
ना समझाना
बस यात्रा पर जा रही है |

कश्ती डरा रही है
बहती धारा के मध्य में
एक मशीन थर्रा रही है
कुछ घुर्रा रही है
क्या वह माँ को डरा रही है
छोटी छोटी लहरों में
हलचल पैदा कर
नया बहाव दिखा रही है
इन सब को खुद में समेटे
माँ गंगा बहती जा रही है
यह कश्ती

कुछ लोगों को
स्वयं में बिठा रही है
कभी इस किनारे
कभी उस किनारे
'यह चक्कर लगा रही है
खूब शोर मचाकर
धारा के मधुर संगीत को
शोर में सुला रही है
माँ अभी भी धारामयी बहे जा रही है
माँ की धारा को डराते
वह स्वयं थकी नज़र आ रही है
फिर भी यही कृत्य
वह दिन भर दोहरा रही है
डरावनी आवाजें लगा रही है
उठती गिरती
छोटी बड़ी लहरों में
यह कश्ती
उछलती हुई
उधर - उधर जा रही है
कभी शोर खामोश कर

एक किनारे पर दुबक
एक खूटे से बंधकर
यह कश्ती सुस्ता रही है
पावन अविरल माँ की धारा पर
एक कश्ती चक्कर लगा रही है
बहती धारा में हलचल मचा रही है
कभी धारा को
कभी मछलियों को
यह कश्ती डरा रही है
विचित्र प्राणी बन
खौफ सा मचा रही है
इससे बेखबर माँ की धारा
अविरल बहती जा रही है।

लहरो की चंचलता में
माँ की धारा में
अपनी चंचलता से
उछल कूद मचा रही
कुछ छोटी मोटी मछलियाँ
धारा में नज़र आ रही है
ना साधुओ सी साधना
ना तलहटी में बैठे
खामोश पत्थरों की स्थिरता

ना किरणों सी चमक
ना चांदनी सी शीतलता
ना शहद सी मधुरता
अपनी चंचलता से उछलती जा रही है
माँ की धारा में हलचल मचा रही है
ठंडी सी जल धारा में
कुछ चंचलता नज़र आ रही है
छोटी बड़ी मछलियाँ
बहती धारा संग तैरती नज़र आ रही है
बहती हुई धारा में
दोनो तरफ खड़े
खामोश किनारे
उन्ही किनारों से पहाड़ झाँक रहे है
कभी हलचल मचाकर ये पहाड़ के टुकड़े
नदी में कूद जाते है
कुछ मोटे बेडोल पत्थर धार में लुड़ककर
कुछ अवरोध पैदा कर
अपना अस्तित्व जताते है
फिर बहती धारा संग
लुड़कते जाते है

कहीं अपना स्थान पाकर
वहीँ ठहर जाते है
धीरे - धीरे बहती धारा में
स्वयं मिटते जात्ते है
फिर गोल मटोल सूरत बनाकर
तलहटी में बसकर
चुपके से सो जाते है
बहती धारा में बसकर
हर पल नहाते है
गंगा वासी हो जाते है
ऊँचे - ऊँचे पहाड़ तलहटी में सो जाते है |

तलहटी में सोते पत्थरो से
धारा, कुछ इस तरह से गुज़रती है
पत्थरों को सहलाकर
नया अहसास जताती है
पत्थरों से प्यार जता कर
पत्थरों को गले लगाकर
जंगल की हरियाली से
कुछ हरा रंग चुराकर
कुछ पत्थरों का रंग

धारा के संग मिलाकर
नए रंग भरती है
नए रूप, नए रंग
नए नज़ारे लिए
माँ गंगा
नीली - हरी सी
दिखती है
आसमान की नीली परछाई
सफ़ेद बादलों की सूरत
रुई सी बनती मिटती है
बहती धारा संग
ये परछाईयां
कभी घुली
कभी गीली
कभी हिलती डुलती है
ये परछाइयां पत्थरो संग
गुफ्तगू करती है
बहती धारा में भी
नयी तस्वीर उभरती है
कुछ पल ठहर कर

फिर तस्वीर बदलती है
कभी बहती हुई
कभी स्थिर जान पड़ती है
बदले आसमां संग
गंगा में तस्वीर भी बदलती है
नयी रौनक लगती है |

यूं ही बह आती है
हवा सखी सी
इसका कोई कारण नहीं होता
कभी कभी धरती भी हिलती है
इसकी भी वजह नहीं होती
तड़फती होंगी, थकती होंगी
एक जगह पर खड़ी
टांगें हवाओं की

तभी तो वह चली आती है
एक जगह नहीं रह पाती है
थकती होगी धरती हमारी
तभी तो जलजला बन
उसकी आह निकल आती है
खाली सा ताकता आसमान भीं
कभी कभी खालीपन से घबराता होगा
तभी तो घनघोर घटा चली आती है
कभी बिजली चमकती है
कभी चांदनी बिखरती है
खालीआसमान को भी
खालीपन ठगता होगा
किसी की राह तकता होगा

पलटना चाहती हूँ ज़िन्दगी तेरी किताब के पन्ने
जिससे तेरे आज की गुफ्तगू ना हो
ये थकान ना हो
दामन फटे हाल ना हो
दिल अपना हो
उसमें किसी की भी जुस्तजू ना हो
पलटना चाहती हूँ ज़िन्दगी तेरी किताब के पन्ने

जिसमें मेरा होना भी हो
बस तू ही तू ना हो
कुछ हम हो कुछ जीवन हो
कुछ सपने हो कुछ अपने हो
पलटना चाहती हूँ ज़िन्दगी तेरी किताब के पन्ने

गुज़रते हैं हमारे पास से
कुछ अजनबी से साए
कुछ परछाई से लगते हैं
कुछ दूरियां बनाए
बस यूं ही
दिल से पुकार बैठे

तोपाया मीलो लम्बे फासले पाए
सदियों से लम्बे फासले निकल आये
अजबनी से मिलकर
कहाँ
घरोंदे बन पाएं
परछाइयों से हमें कहाँ
जीवन की छाया आये
बस गुज़रते रहते हैं
पास से
कुछ अजनबी से साए

इश्क करते करते तन्हा हो गयी ज़िन्दगी

तुम पर मरते मरते जिंदा हो गयी ज़िन्दगी

प्यार और मोहब्बत

जीने का तरीका है

याद करना और भूलना

रहने का तरीका है

तेरी रहमती

रूह में बस जाती है
जो सिखाती है
वही लिखती जाती है
हर बात पर वाह वाह करते
आह निकल जाती है
तू सिखाती रहती है
थकती नहीं
बस जान निकल जाती है
तूमाँ व टीचर से ज्यादा
हर पल सिखाती है ज़िन्दगी

हम सो तो रहे हैं
दिल में लाखों ख्याल जगाये
होंठ चुप तो रहते हैं
दिल में हजारों सवाल उठाए
आँखें तो झुकी हैं सजदे में
दिल में तूफ़ान को उठाए
जुबां पर ख़ामोशी

आँखों में सवाल को उठाए

कभीऐसाभी तो हो

मैं कुछ भी ना कहूँ

तू सब कुछ समझ जाए

उड़ती धूल के संग
कुछ अजनबी चेहरे दिए दिखाई
कुछ को वक़्त ने कुरेदा
कुछ को आंधी ने उड़ाया
कुछ मासूम खरगोश से
कुछ शेर से दिए दिखाई
कुछ के चेहरे को दिल ने मारा

कुछमरे हुए चेहरे भी दिए दिखाई
कुछ आँखें बंद करके सो गए
कुछ की आंधी ने
नींद ही उड़ाई
कुछ सो कर भी जागते
कुछ खुद से ही भागते
कुछपरछाईयाँ पकड़ते
कुछ उलझनों से अकड़ते
उडतीधूल में कुछ चेहरे भी उड़ते
उडती धूल संग चेहरे उड़ते दिए दिखाई

मौसम का मिजाज़ है
इससे ना गिला कीजिए
आंधी तूफानों का दौर है
हल्का होकर उड़ा कीजिए
कुछ टूटे ख़्वाबों को उड़ा दो
कुछ ख्वाहिशों को आंसुओं में बहा दो
यहाँ हल्का फुल्का रहो

हलके होकर आसमान में उड़ा कीजिए
ये मदारी की डुगडुगी है
हवा के इशारों पर नाचा कीजिए
कभी धुप सेका कीजिए
कभीरेत मेंनहालेना
कभी ठंडी बौछारों में
खुद को भिगो लेना
ये मौसम का मिजाज़ है
इससे न गिला करना

कभी बवंडरों में उलझी
तूफ़ान में उडती आई
खामोश सी दिखती ये ज़िन्दगी
शोर मचाती आई

कभी मेलों के रंग में डूबी
कभी खामोश खड़ी पाई

तपती दोपहरी में
रेगिस्तान से उडती आई

कभी बादलों में उडती
कड़कती बिजली सी दिखाई
कभी आँखों सेटपकती
ख्वाहिशों से बहतीआई

खामोशसी ये ज़िन्दगी
हर पल
हर नए मोड़ परखड़ी पाई

खामोश सी ये ज़िन्दगी
ख्वाहिशों में उलझी पाई
खामोश सी ये ज़िन्दगी
तपती दोपहरी सी देती दिखाई
खामोश सी ये ज़िन्दगी

कल फिर आंधी चली
कल फिर रेत उड़ा
कुछ खोखले से जिस्म उड़े
मुर्दा खम्बो से जा टकराए

कुछ अंधे लोग खड़े रहे
ज़मीन से जुड़े रहे

दिल ने उन्हें रास्ता दिखाया
खुदाने उन्हें बचाया

कुछ दिलों में भी तूफ़ान उड़े
रिश्तों को ही लेउड़े
यहाँ वहां ढूँढा
कोई रिश्ता पेड़ो परटंगामिला

कल फिर आंधी चली
संगरेत लेकर आई
कुछ ख्वाहिशें टूटी
आँखों में उलझी
आंसू बनके टपकी
कलफिर आंधी चली

वक़्त क्या है
बस कमाल
ऊपरवाले का जादू
रहस्य जादू
बस यही है
वक़्त का कमाल
जीवन का क्या है-सोचो तो
आज क्या है

बीता कल व भविष्य के बीच
बेचारा वर्तमान

दिन क्या है
दो रातों के बीच
एक सफ़ेद अन्तराल

सुख क्या है
दो दुखों के बीच का
माध्यम काल
जीवन क्या है
मौत का लम्बा इंतज़ार...

जो आपके साथ नहीं चलना चाहता

उसे जाने दो

जिसे प्यार बोझ लगे

ऐसे परिंदे को

प्यार से आज़ाद करो

उसेउड़ जाने दो

प्यार आपको ढूंढता है

प्यार राहें कहाँ बूझता है
वह हवा के झोंके सा आता है
फिर खुशबू फैला उड़ जाता है
उसेक़ैद मत करो
मत रोको हवा के झोंखो को
हलके से उड़ जाने दो

दिल टूटेगा
गुस्सा भी फूटेगा
आहें निकलेंगी
एक घरोंदा छूटेगा
जो आज़ाद परिंदा
प्रेम को पिंजरा समझे
उसे अपने दर्द से दूर करो
उसे अपनी राह उड़ जाने दो

जो आपके साथ नाचले
उसे मत बांधो
उसे अपनी राह जाने दो

वियोग भी प्यार की रीत है
बंधन को खोलो
आजादी प्रेम की जीत है

खुले आकाश दो
प्रेम के परिंदों को
जो लौटा
उसी का घरोंदा है

जो उड़ गया
वह हमसफ़र नहीं
उसे उड़ जाने दो

वियोग भी प्यार की रीत है
इस रीत की कसौटी से स्वयं को गुज़र जाने दो

वह अपना कहाँ था
जो दूसरा साया देखा
हाथ छोड़ गया
वह परिंदा घरोंदा छोड़ गया
उसे उड़ने दो
यही प्रेम की जीत है

कुछ यादें दौड़ती
चली आती हैं
लाख आँखों में दरिया बड़े
बह नहीं पाती हैं
तर्कों का पहाड़ बिठाए
तब नहीं दफनाती हैं
जब होश नहीं था

आस्मां में उड़ते रहे
अब हकीकत की ज़मीन
क़दमों में ठोकर लगाती है
लाखसंभालकर रखो
यादें हकीकत से टकराती हैं
ख़ामोशी से आती है
खूब शोर मचाती है

“मैं हूँ ना”
जानते हैं
ये शब्द बड़ी स्वप्नोंमें सुनाते हैं
सभी दरवाज़े खिड़की बंद हों
फिर भी ये यादें
दौड़तीचलीजती हैं

हम आँखें बंद रखते हैं
जुबां पर ताले टंगते हैं
दिल को भी नहीं धड़कने देते
शब्दों पर अपने
हर पल इख्तियार करते हैं

खोलते नहीं पर मन के
बंद ताले हज़ार रखते हैं
फिर कहाँ से चले आती हैं
कहाँ टकराती है
खोले बिना दरवाज़े अन्दर बैठी पाती हैं
ऐसे ही यादें
कहाँ तर्कों से रुक पाती
स्वयं उड़ती सी आतीं
दिल में तूफ़ान उठा
स्वयं चली जातीं
बस हमें घायल कर जातीं
तडफता सा
हकीकत में खटकता सा
यादें आती जाती हैं

माँ गंगा की धारा

लाखों घाटों

दो किनारे

दो किनारों पर रंग बिरंगे घाटों का नज़ारा

घाटों से दूर जाकर

नदी बहती जा रही

चलती जाती
बहती जाती
वर्तमान
भूत
भविष्य
सभी को साथ लिए
नदी बहती जाती
कितने जन्मों के पत्थर
नदी तलहटी में जमे पड़े हैं
सवालों सा रूप लिए
सीने में अटके पड़े हैं
उनसवालों के पत्थरो को
नदी के संग बहा दूं
चलोकुछ हल्का हो जाए
अपने तन मन को नहला दूं,
माँ गंगा में एक डुबकी लगा दूं
धारा संग धारा बहा दूं
कब तक किनारे खड़े रहे
चलो धारा संग जीवन बहा दूं
माँ गंगा की धारा में

बहुत सी प्रेम धारा बहती हैं
यहाँ से निकलती है
इसी में गिरती है
किनारे खड़े
दिल में धडकती सी
शब्दों का जाल बुनती सी
वर्तमान के पत्थरों से टकराकर
कुछ लहरें बनती सी
फिर बहाव संग मिलती सी
नए शब्दों को चुनकर
कुछ भंवर पैदा करती सी
दिल में धडकती
नदी की धारा
सब कुछ बहा ले जाती हुई
माँ गंगा की धारा
प्रेम रंग में बहती हुई
कुछ लहरें बनती
चांदी सी चमकती
कुछ भावों को स्पर्श कर
धारा में डूब जाती

कुछ बूँदें उछलकर
मुझको भी भिगोती सी
बहती धारा में
तू भी भिगो ले
मन को, तन को
एक धारा में मिला ले
यही कहती
प्रेम धारा बहती

बहता हुआ चल
ज़िन्दगी की धारा में
घाटों की गिनती बहुत है
दो किनारों के बीच बहती
धारा में फासले बहुत है

नापा-तोला तो नहीं
पैमाइशे भी नहीं की हैं

दोनों तरफ ताकते झांकते
किनारों पर घाट बहुत हैं
आर-पार जाने के
साधन भी बहुत हैं

साधनों का बहाना
कब तक लगाए
तैरने वालों के पीछे
कब तक तैर पाए

तैराकों की गिनती बहुत है
घाटों पर भीड़ जमी है
लगता है पाप बहुत है
ज़िन्दगी की धारा में
बहता हुआ निकल
नाप तोल छोड़
घाटों की माया से निकल
ठहर कर
हिसाब लगाते हुए
वह तो बहती जाती है

लहरें बन
गोते खाते हुए

मेरे जीवन की यात्रा में
दो ही छोर हैं
एक छोर मेरा
माँ गंगा में बसता है
जब भी किनारों पर होती हूँ
घाटों पर खड़ी होती हूँ
माँ को निहारती हूँ

मन में एक कंपन
एकसिसक उठ जाती है
बहुत से उलझे पड़े धागों की डोर
स्वयं सुलझ जाती है
भारी भरकम सा यह शरीर
जब माँ की धारा में उतरता है
उड़ते पत्तों सा हल्का
पावन मोर पंख सा बन जाता है
सारी कथाएँ
साडीव्यथाएं
अपने संग बहा ले जाती हैं
एकनया बच्चे सा जीवनदेकर
माँगंगा लोरी सुना जाती है
थके पड़े तन-मन मे
मासूम मुस्कराहट भर जाती है
माँ गंगा के घाट पर
रूह जीवित हो जाती है

धूप भी अलसाई है
माँ गंगा के घाटों पर
दिसम्बर की सुबह आई है
सहमी सहमी हवाएं
ठिठुरती बह रही हैं

बहुतसर्दी है
चुपके से कह रही है

उदास सी धूप भी
सहमी सहमी आ रही है
आलसीधुंध चुपके चुपके जा रही है
सभी कुछ से बेखबर
माँगंगे बहे जा रही हैं
खोए खोए उजाले में
प्रेमधारा बह रही है

कुछ रोशनी कीकिरणें
धारा में डुबकी खा रही हैं
थडी सी यह सुबह
घाटों पर कुछ
यात्री डुबकी लगा रही है
धारा बहती जा रही है
ठिठुरन आवाज़ लगा रही है
सभी कुछ से बेखबर
माँ गंगा की धारा

प्रेम रस बरसा रही है
कल-कल बहे जा रही है

माँ गंगा के घाट पर
बैठे हुए
गंगा जल
हथेली में भर लिया
उसी अमृत जल से
कुछ हाथों की लकीरें झांकती हैं
कौन कौन से जन्मों की

कौन कौन सी गाथा है
हम में गंगा जल है
फिर भी मन प्यासा है
धारा में बहे जा रही है
सभी कुछ समेटे
बढ़ी चली जा रही है
तन वहीँ खड़ा है
मन में संशय बड़ा है
ये हाथों की लकीरें
ये हमारी तकदीरें
वहीँ पर खड़ी हुई हैं
पत्थर की लकीर सी
हाथ में गढ़ी हुई है
अमृत की धारा
बढे चली जा रही है
कल कल का संगीत
साथ में गा रही है

दिखने को हाथ है
जीवन के साथ है
शरीर का संसार है
देह में चलता दिन रात
कैसा ये व्यापार है
कर्मों के फल बड़े हैं
पाप पुण्य के पत्थर

जीवन की राह
रोके खड़े हैं
पत्थरों से टकराती
जीवन की धारा
लहरें पैदा करती है
कुछ उछलकर गिरती है
इन्ही पत्थरों से जीवन में
धाराशोर करती है
इन्ही पाप-पुण्य के पत्थरों से
यह नदी शोर करती है
एक संगीत भरती
नदी सफ़र तय करती है
दिखने को लकीरें हैं
जन्मों जन्मों से खिंची हुई
हमारी तकदीरें हैं
पाप पुण्य का व्यापार है
यह शरीर का व्यवहार है

बहती माँ गंगा की धारा
पथरीली चट्टानों से गुज़रती है
कुछ खामोश पड़ी गुफाएं
माँ गंगा को ताकती है
इन जंगल की पथरीली गुफाओं में
कौन सा रहस्य
जीवन का छुपाया है

बाहर जंगली लताओं का पहरा है
अँधेरे ने गुफाओं को छुपाया है
फिर भी ललचाती है
अपने पास बुलाती है
बहती गंगा की धारा की
कुछ बूँदें चटककर
उनको नहलाती हैं
कुछ सूरज की किरणें भी
अन्दर झांकती हैं
पथरीली गुफाओं की
विचित्र पथरीली आकृतियाँ
हमको झांकती हैं
विचित्र सी आकृतियाँ
मन को लुभाती हैं
पत्थरों से घडी
पत्थरों पर खड़ी
पत्थरों की आकृतियाँ
कुछ सन्देश देती हैं
जंगल की ये पथरीली गुफाएं
कौन सा रहस्य कहती हैं लताओं में छुपकर

कोई किरण
अन्दर चली जाती है
नए चित्रनई आकृतियाँ
आँखों को दिखाती है
अन्दर है कोई कलाकार
या किरणों का है चमत्कार
खामोश सी गुफाएं
जीवान्त जान पड़ती हैं
रात के अंधेर में
कभी कभी इन गुफाओं में
चांदनी उतरती है
लताओं को गले लगाकर
अन्दर वह जाती है
किसको नहलाती है
किसको चमकाती है
फिर लौट जाती है
किस से मिलकर चांदनी
मुस्कुराती है
फिर मिलने आती है
जंगल की ये पथरीली गुफाएं

हमेशा खामोश ही रहती हैं
अपने रहस्य समेटे
ताकती सी रहती हैं
इन्हीगुफाओं के किनारे से
माँ गंगा गुज़रती है
अपने जल से इनका
अभिषेक करती है

सूरज अब असमान में
कुछ चमक रहा है
ठंडी को कम कर
माहोल गरम कर रहा है
ये जो सूरज है
यह सभी को गर्मी देता है
इसकी किरणों से

हम भी गरमा लें
ठण्ड को भगा लें
बुझी पड़ी ठण्ड से ज़िन्दगी
फिर से सुलगा लें
सूरज से आग उधार लें
जीवन को तपा लें
ये जो सूरज है
किरणों से ज़मीन पर उतरता है
सभी में जीवन भरता है
किरणों को अपने पास
हम भी बुला लें
जीवन से मिलना है
कुछ प्रकाश उधार लें
सोए दीप जला लें
जीवन को सुलगा लें
जीवन को तप लें
बुझी ज़िन्दगी को फिर से जला लें

सर्दी की सुबह
घाट पर कुछ हलचल है
कुछ यात्री डुबकी लगा रहे
हर-हर गंगे गा रहे
माँ गंगा भी अपने बहाव पर
एक चादर लपेटे हैं
कोहरे की सफ़ेद रजाई में

स्वयं को लपेटे हैं
बहती हुई धारा
अभी भी बहे जा रही है
ख़ामोशी का सफर है
तय किये जा रही है

हवा संग लहराते

पेड़ों को देख

मन क्यूँ उछलता है

नए सवाल करता है

क्या बीज को मालूम था

वहकौन से सफ़र पर है

वह तो एक छोटा बीज था
बड़ा मासूम था
वह धरती मेंगड़ा था
हवा पानी पाकर
आसमां छूने चला था
इतना विशाल तना
इतनी ऊँचाई
ज़मीन में फैली है
जड़ों की गहराई
क्याबीज को
अपना यह रुप मालूम था
वह तो बड़ा मासूम था
बड़ा सा पेड़ बन
आसमां को छूना है
अपनीशाखाओं पर
नए जीवन बरसाने हैं
ऋतुओं की मार सहकर
बढ़ते ही जाना है
जीवनकेबदलाव का
साक्षी बन जाना है

क्यापेड़ को मालूम था
क्या बीज को मालूम था
वह कौनसे सफ़र पर है
वह एक छोटा बीज था
बड़ा ही मासूम था
उसी पेड़ के मोटे तने पर
मैने कमरलगाई है
पीछे पीठ को आराम दिया
सामने माँ गंगा की धारा नज़र आई है
फिर एक मचलती किरण
पत्तों से झांकती
मुझसे मिलने आई है
मेरे आँचल में छुपती
कभी धरती पर गिरती
पत्तों पर चमकती
सुनहरा उजाला भरती
एक सीधी रेखा में चलती
पकड़ो तो कट जाती
टुकडों मेंबंट जाती
पत्तों से झाँक कर

मुझको पहचान रही
अपनी पहचान बताकर
मुझसे लिपट रही
हम सब अपने हैं
किरणें मुझे बता रहीं
अपनापनजता रहीं
खेलती सी वह किरण
दिशा बदलती जा रही
सामने से माँ गंगा की धारा
कल-कल करती बहे जा रही

माँ गंगा के किनारे

मैं उस पेड़ की साक्षी हूँ

जो बीज बन उगा

ऊपरबढ़ा

पहला पत्ता आया

धूप में मुस्कुराया

जीने को निकला

हवाओं से दोस्ती की
धूप से आँखें मिलाईं
सूरज की किरणों से
नए रंग लेकर
पेड़ पर हरियाली छाई
बारिश की बूंदों से
जीवन के रस लिए
तारों की चमक से
हौसले बुलंद किए
काली रात का डर छोड़कर
आसमान की ओर बढ़ा
हाँ ! उस पेड़ की साक्षी हूँ
जोगंगा किनारे खड़ा

उसी पेड़ अब
पत्तेझड़ते रहते हैं
हवाओं से दिशा लेकर
उसी ओर उड़ते रहते हैं
कभी खामोश खड़ा रहता है
कभी संगीत सुनता है
ठंडी गर्म हवाएं लेकर

जीवन राह चुनता है
बदलते मौसम में भी
वह पेड़
गंगा किनारे मिलता है
कभी खामोश
कभी फड़फडाता
कभी लहराता
कभी नहाता
धूप-छांव का
खेल रचता
वह पेड़
गंगा किनारे मिलता है

ज़िन्दगी को समझने की

यूं ही कोशिश मत कर

कभी तो डूब ज़िन्दगी की धारा में

कभी तो कूद बहती नदी की धारा में

कब तलक यूं ही

बातें बनाते रहेंगे

नदी में तैरती

मछलियों संग
बस मन से गोते लगाते रहेंगे
किनारों पर खड़े हैं
बहती हुई धारा है
बातें बेहिसाब हैं
तूफानोंका डर भी है
तैरने की फ़िक्र भी है
बहुत कुछ भरा है
दिलो दिमाग की संदूकों में
कहाँ बयान होती है
ये ज़िन्दगी अंदाजों में
अनुभवों की ठोकरों के बिना
बहती धारा संग तू भी बह जा

जीवन की धारा
लहरों में चलेगी
कभी ऊंची उठेगी
कभी स्वयं में मिटेगी
कभी हलचल से
छबाककरती
तैरती दिखेगी

झरना से गिरती
सुन्दरता से सजेगी
फिर से उछलेगी
माँ की धारा
निरंतर बहती ही मिलेगी
कल-कल करती
माँगंगा की धारा
लहरों से सजेगी
नए रूप में दिखेगी
जीवन की यह धारा
लहरों में चलेगी

ज़िन्दगी का सफ़र है
माँ गंगा की धारा
बहाव में यहाँ
लहरें ही रहेंगी
सपाट सी रेखा तो
मुर्दा सी दिखेगी
धाराहो या प्रेम

लहरों में हैं चलते
प्रेम धारा बने
या धारा लहरें बने
उछलते, गिरते, मिलते
ज़िन्दगी की राह में
अँधेरे हैं उजाले
जीवन के सफ़र में
दिन-रात संग में मिलेंगे
जीवन में लहरें
जीवन को दिखाती
मुर्दे तो धारा में
निरंतर बहते पाते
एक सा सफ़र तो
मुर्दे ही करेंगे
ज़िन्दगी के सफ़र में
लहरें ही मिलेंगी

उतार-चढ़ाव की पगडंडी
संग-संग चलेंगी

ढलना, गिरना
एक खूबसूरत नज़ारा
एक खूबसूरत संगीत
मचलता हुआ प्यारा
नदी की धारा
झरना बहना
ढलना, मचलना

अपनी यात्रा में
प्रकृति संग जुड़ना
प्रकृति की सुन्दरता में
कुछ प्रेम के रंग भरना
एक लहर बन मचलना
एक झरना सा गिरना
गिरने में सुकून है
दिल में तसल्ली भरना
ठोकरें खा कर
लहरों सा उछलना
जीवन सफ़रमें
उतार चढाव भरना
आखिर में जाकर
खारे सागर में मिलना
ज़िन्दगी के रहस्य को इतनी
सादगी से दिल में भरना
एक छोटी धारा का पर्वतों से उतरना

ऋषिकेश के रंगों में
गंगा की तरंगों में
कुछ नए रंग नज़र आना
कुछ अपने ख्याल
कुछ हकीकत का सामना
गंगा का किनारा
सतरंगी नज़ारा

कुछ ऐसा विचित्र
कुछ ऐसा सचित्र
प्यारा सा नज़राना
गंगा का स्नेह
ऋषिकेश का अनोखा
सफ़र ये सुहाना
अपने शब्दों से
अपनों के चित्रों से
अनजाने किरदारों में
जाना पहचाना
हकीकत के समाचारों में
ऋषिकेश का नज़ारा
माँ गंगा का किनारा

माँ गंगा के घाट पर
भीड़ बहुत हो जाती है
लाखों, सैकड़ों
विचित्र से प्राणी
रंग बिरंगी पोशाकों में
गंगा में डुबकी लगाते हैं
कुछ बढ़बढ़ाते हैं

कुछ धारा में बहाते हैं
कुछ माथा झुका कर
माँ को शीश झुकाते हैं
कुछ हल्के कुछ भारी
लम्हे जीते चले जाते हैं
इन्ही नजारों से बेखबर
“माँ गंगा”
अविरल बहती जाती है
संगीत यह लहरों संग
सभी को सुनाती है

सतरंगी अतरंगी
माँ गंगा के घाटों की दुनिया
कितनी भाषा
कितने रंग
संग में समेटे
माँ गंगा के घाटों पर
हर तरफ नज़र आती

अतरंगी सी
ये सारी दुनिया
कुछ खाने को
कुछ देने को
कुछ लोग आते यहाँ
कुछ पाने को
कुछ मिटाने को
माँ में डुबकियां लगाते यहाँ
कोई व्यापार
कोई कारोबार
कुछ मन का
कुछ धन का
पल पल में कर जाती दुनिया
सतरंगी घाटों पर बसती
अतरंगी बेचारी दुनिया

झूलते हुए राम झूला के नीचे से
मां गंगा कुछ इस नाज से गुजरती हैं
कुछ पल झूले की छाया में
अपनी रफ्तार धीरे करती हैं
कुछ कुछ पल झूले की छाया में
सुस्ता कर चलती हैं
बहती हुई धारा कुछ फेल कर चलती है

कुछ रंगीन गोल मटोल पत्थर
कुछ बड़ा छोटी बड़ी मछलियां भी दिखती हैं
यहां पर मां की धारा
नए रूप में दिखती है
झूठे झूले की परछाई
मां की धारा पर मिलती है
उल्टा का झूला
मां गंगा को ताकता है
बहते हुए जल का प्रभाव
झूले को ताकता है
दोनों का यह अनोखा रिश्ता
कुछ लचीला जान पड़ता है
आपस में कुछ पहचान बढ़ाकर
धारा आगे चलती है
यात्रियों की भीड़ में
भीड़ को राम झूला झूला जलाती है

ढलते ढलते काली रात
गहरी हो जाएगी
उजाले की है चादर
कालिमा में खो जाएगी
काली रात के
आंगन में बाजार सजेगा
तारों का एक नया संसार दिखेगा

तारों से सजी रात की काली यह चुनर
भक्ति धारा पर छा जाएगी
चमकते तारों की चमक धारा की तलहटी में नजर
आएगी
आसमान में चमकते तारे
भक्ति धारा की तलहटी में
हीरो का खजाना मन को भ्रम आएगा
गहरी काली रात में यह एक रहस्य बन जाएगा
आसमा में चमकते तारे
या काली चुनर में सितारे
तलहटी में बिछे हीरे सभी को लग जाते हैं
नई सुंदर सी काली दुनिया
रात की गहराई में दिखाते हैं
रात की गहराई धारा की
गहराई में बस जाएगी रात सो जाएगी
कुछ पल में मौन हो जाएगी
रात व धारा की है दोस्ती
रात के रहस्य में छुपी खो जाएगी
बहती धारा संगीत दुनिया पलपल बहती जाएगी-
दो सहेलियों का अंधकार में छुपा रहता है

ना कोई देखता ना कोई जानता
सोने वाले लोगों को
यह रहस्य कहां जाना जाएगा
उनको तो रात में
डरावना, सूनसान
नजर आएगा
धीरे धीरे रात भी अपनी छूटेगी
सूरज के आने की आहट
चुपके से गायब हो जाएगी
रात बहती धारा दो सहेलियों का मिलन है य
ह हकीकत यह खूबसूरती का नजारा
यह गुफ्तगू का पिटारा
सभी को कहा नजर आएगा
उजाले की चमक में बहती धारा संग
सब बह जाएगा
फिर दिन ढलने लगेगा
फिर उजाला होने लगेगा
फिर काली चुनर ओढ़े
रात सखी धारा से मिलने
चुपके से आ जाएगी

सोने वाले सोएंगे
जागने वाले ही अद्‌भुत नजारा देख पाएंगे
रात में मां की धारा
तलहटी में हीरो का संसार
हर कोई खोज नहीं पाएगा

बहती धारा संग बहे
कुछ लहरों से भेंट करें
कुछ लहरों संग लहराए
कुछ पल तैर लें
आनंद को ना कैद करें
धारा संग बहते जाए
फिर से उठती गिरती लहरों संग

कुछ टकराव मचाले
फिर एक चक्कर खाएं
फिर लहरों में डुबकी खाएं
डूबते तैरते जल संग
यात्रा आगे बढ़ते जाए
बहती धारा संग अ
पने सभी मतभेद मिटा ले
अपनी इसी छोटी सी नैया को
धारा संग बहा लें
भव पार लगा लें

जीवन की तपती दोपहर
धीरे धीरे शाम में बदल रही
इसी शाम की बेला में
चलो प्रेम दीप जलाते हैं
बहती हुई गंगा की धारा में बहाते हैं
धारा संग संघर्षों में

कुछ दीप डूब जाएंगे
कुछ धारा संग दोस्ती कर
लहरों पर लहराएँगे
लहरों पर चमकते
लहराते यह दीपक
तैरते नजर आएंगे
कुछ लहरों संग एक संघर्ष मचाएंगे
गहराई में डुबकी लगाकर
तलहटी में सो जाएंगे
तैर कर भी सफल हैं
तलहटी में भी पूर्ण
यह दिए जीवन यात्रा कर जाएंगे

बहती हुई धारा में
सभी प्रेमदीप धारा में बहाते
कुछ लहरों पर तैरते
कुछ तलहटी में बैठ जाते
कुछ प्रेम की रोशनी में
धारा पर यात्रा कर जाते
इठलाते यह दिए

अपनी जीवन यात्रा रोशनी
से भर जाते
कुछ क्षण की यह है यात्रा है
जीवन जीते जाना
भावनाओं की लहरों में
प्रेम प्रकाश फैलाना
हंसते मुस्कुराते यह दिए
धारा संग बहते जाते

वर्तमान में वक्त की बहती धारा
कल कल करती जाती
मां गंगा की धारा
एक एक पल छलके
अविरल धारा गाती
इस बहती धारा संग
कुछ भाव दीप जलाएं

धारा वेग संग बहाएं
कुछ लहरों में लहराते
लहरों पर बहते जाते
कुछ लहरों से अठखेलियां दिखाते
कुछ लुढ़क कर लहरों संघ
विरोधाभास जताते
लहरों से टकराकर गहराई में गोते खाते
मां की गहराइयों में कुछ ढूंढने जाते
दीपक के संगी फूल
मां गंगा में तैरते नजर आते
पीली पीली छोटी बिंदुओं से
भक्ति धारा के आंचल पर
प्रेम पूर्वक लगाते
इस भक्ति धारा के संग
हमने भी कुछ श्रद्धा सुमन बहाए
कुछ कुछ किनारे के
कुछ धारा संग तैरते नजर आए
कुछ ने मिट्टी पानी संग
अपना संयोग बनाया
पीले पीले फूलों का एक बगीचा बसाया

कुछ मिट्टी के नीचे दबकर
खाद्य में लीन हुए
लहराते फूलों की बगिया की जड़ों को
अपना योगदान दे
जीवन यात्रा को आगे बढ़ाया
बहती धारा संग
पुष्प भी बह जाते
एक जीवन यात्रा को सहज पूरा कर जाते
कुछ भाव गहराई में रहते
कुछ दुनिया को नजर आते
अविरल मां गंगा की धारा
बहती ही जाती
भावों के दीप जले
या प्रेम पुष्प अर्पण किए
ना कुछ जताना
ना कुछ अपनाना
सूरज की किरणों की चमक
कहां धारा को रिझाती
काली रात की चूनर
चमकते तारे भी

ज्यादा देर ना लुभा पाती
तलहटी में बैठे पत्थर भी
लुढ़क लुढ़क मौन हो जाते
बुनियादी बांध भी
कुछ पल ही धारा को बांध पाते
जल का बंटवारा
कुछ शक्ति का नजारा स
भी को बांध पर छोड़ धारा
कल कल करती जाती
बहती धारा एक ख़ामोशी ओढ़े
एक शांत ललय लिए बहती चली जाती ए
क क्षण का विश्राम कहां
कुछ विश्लेषण हो
कुछ अवलोकन हो
इतना भी आराम कहां
समय की धारा हर क्षण आगे
बढ़ी चली जाती
ना कर्मों का लेखा जोखा
ना जल के जंजाल देखा
सभी अवरोधों को छोड़ती

सारे शिकवे पीछे छोड़ती
चुपके से निकल जाती
ना पूजा के फूलों से रिझना
ना गंदे नालों से डरना
बांधों के बंधन भी कितना रोक पाते
अपनी धारा संग दोस्ती
अपनी लहरों में मगन होती
सभी कुछ अपने में समेटे
अविरल बहती चली जाती
अशांत मन के जंजाल में
दुनिया के शोरगुल में
कल कल ध्वनि का
मधुर संगीत घोलती जाती
सभी के तड़पते हृदयों को
खामोश शांति की प्रेम धुन सुनाती
बर्फीली चोटियों की यादें
सागर से मिलने के इरादे
ठंडे पावन जल से
सभी की प्यास बुझाती
समय की अविरल धारा

पल पल कल कल बहती जाती
किनारों के सारे बंधन
बांधों की मर्यादा
सभी को पीछे छोड़ कर चली जाती
वर्तमान में जीती यह धारा
कल कल का मधुर संगीत
सभी को सुनाती
अविरल बहती जाती

मां गंगा के घाटों पर
विचित्र रंग दिख जाते हैं
कुछ गेरुए कुछ हल्के
रंग बिखरे नज़र आते हैं
कुछ साधु सन्यास लिए
दुनिया को ताकते हैं
कुछ दुनियावी लोग
सन्यासियों की आँखें झाँकते ।

मां के घाटों पर
विचित्र रंग सारे हैं
एक मां का प्यारा यहाँ
मैले रंगों में घूमता है
सामने पावन धारा है
डुबकी से कतराता है
दुनिया को छोड़ आया
दुनिया का ज्ञान समझाता है
खुद में गुम हो चुका है
संसार में खुद को ढूंढता है
पावन धारा के किनारे
प्यासा सा घूमता है ।

नित्य शाम गंगा के किनारे
एक प्रेमी
मां को प्रेम जताता है
कुछ सौ, कुछ हज़ार दिये
मां में बहाता है
कभी पीले कभी गुलाबी
फूलों के रंग से
ढकता है

कुछ मन्त्र
कुछ साधना
कुछ कृत्य
कुछ नियम
सभी को बतलाता है
मां की नित्यता, पावनता
अपने भावों में दर्शाता है ।

एक अनोखा साधु
किनारे बैठा मिलता है
सोने जैसी घड़ी पहने
सन्यासी सा दिखता है
दुनिया से बेखबर
बस मां गंगा को ताकता है
बहती हुई धारा में
स्वयं को समाता है

मां को देख कर
हर पल मुस्कुराता है।

Printed by Libri Plureos GmbH in Hamburg,
Germany

9 789388 333627